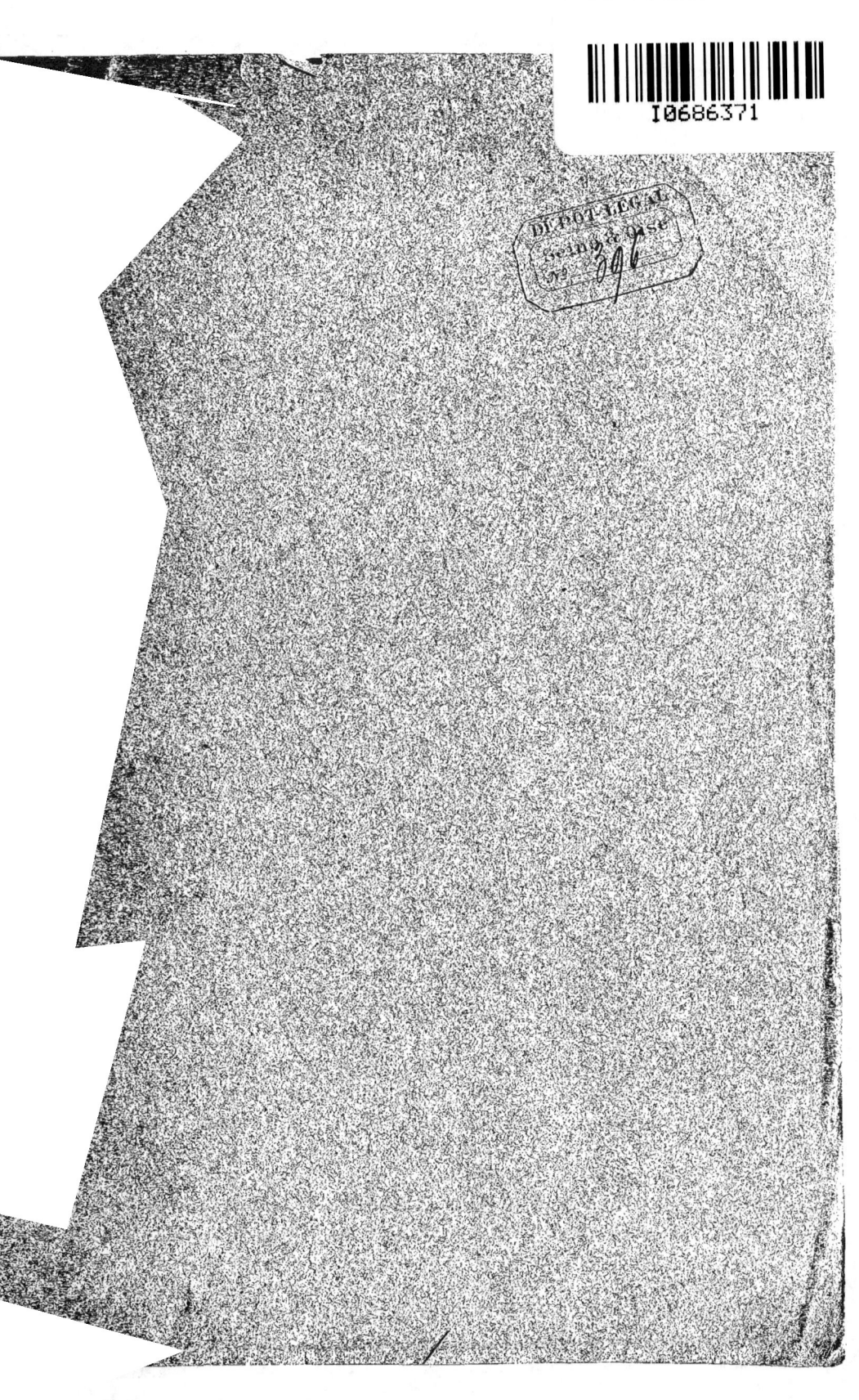

LE

ROYAUME

DES

GOURMANDS

COLLECTION HETZEL

TEXTE PAR P.-J. STAHL

LE ROYAUME

GOURMANDS

DESSINS PAR L. FRŒLICH

BIBLIOTHÈQUE

DE MADEMOISELLE LILI ET DE SON COUSIN LUCIEN

J. HETZEL, ÉDITEUR, 18, Rue Jacob

PARIS (VIᵉ)

LE ROYAUME DES GOURMANDS

I

Le pays des Gourmands, célèbre dans l'histoire, avait pour souverain un roi qui n'était pas content. Les habitants de ce pays étaient gentils, mais ils avaient un grand défaut : ils n'aimaient que la tarte aux prunes. C'était la mer à boire que de leur faire avaler une cuillerée de soupe, et il fallait la croix et la bannière pour leur faire ouvrir la bouche devant une simple bouchée de viande, soit bouillie, soit rôtie. Ce déplorable régime faisait la fortune des pâtissiers, mais il faisait par suite celle des apothicaires. Les familles se ruinaient en tisanes ; la camomille, la menthe et le tilleul étaient hors de prix, aussi bien que certains autres remèdes dont je ne veux même pas prononcer le nom.

Le roi des Gourmands cherchait depuis longtemps un moyen de corriger ses sujets de leur goût excessif pour les sucreries, mais la Faculté elle-même y perdait son latin. « Sire, avait dit à Sa Majesté l'illustre docteur Olibrius, dans sa dernière consultation, votre peuple a une mine de papier mâché, vos sujets sont incurables, leur passion insensée pour les friandises les conduira tous au tombeau. » Cette perspective ne flattait pas le roi des Gourmands. Il était plein de bon sens et ne dissimulait pas qu'un roi sans sujets ne pourrait plus faire qu'un triste Sire.

II

Heureusement, à la suite de ce terrible arrêt de la Faculté, il vint un jour à Sa Majesté le roi des Gourmands une très bonne idée !

Il manda par le télégraphe à sa cour la mère Michel, la plus célèbre confiseuse et faiseuse de tartes de tout le royaume. La mère Michel arriva au palais accompagnée de son chat noir. Fanfreluche, c'était le nom du chat de la mère Michel, ne la quittait jamais. C'était un chat incomparable, de conseil excellent et qui n'avait pas son pareil pour déguster les tartelettes. La mère Michel ayant demandé respectueusement ce qu'elle et son chat pourraient bien faire pour le service de Sa Majesté, le roi commanda à la mère Michel émerveillée une tarte GROSSE COMME LE PANTHÉON, plus GROSSE même si elle voulait, mais pas MOINS. Quand on entendit cet ordre étonnant sortir de la bouche de Sa Majesté, une émotion indescriptible se produisit parmi les chambellans, les pages et tous les assistants. Il ne fallut rien moins que le respect dû à la présence royale pour les empêcher de crier : « Vive le roi ! » jusque dans les oreilles de Sa Majesté. Mais le roi des Gourmands, blasé sur l'enthousiasme des populations, n'admettait pas ces cris-là dans l'intimité de sa cour.

Le roi commanda à la mère Michel émerveillée une tarte grosse
comme le Panthéon.

La mère Michel recruta tous les pâtissiers du pays. — Toutes les fermières
furent mises en réquisition.

Les filles de basse-cour furent occupées à traire les vaches.
Les baratteurs barattaient en cadence.

III

Le roi avait donné un mois à la mère Michel pour mettre à fin son gigantesque projet.

« C'est assez », avait répondu fièrement la mère Michel en brandissant sa béquille. Là-dessus elle avait pris congé de Sa Majesté, et, sautillant d'aise, elle et son chat s'étaient mis en route pour regagner leur domicile.

La mère Michel n'aimait pas perdre son temps ; une fois son plan de bataille arrêté, elle recruta au passage tous les pâtissiers du pays et tous les enfants de six ans en qui elle put reconnaître une vocation sincère pour les nobles états de marmiton et d'apprenti confiturier. Il n'en manquait pas, comme on le pense bien, dans le pays de Gourmandise.

La mère Michel n'eut que l'embarras du choix.

Avec l'aide de sa béquille et de Fanfreluche qui miaulait de façon à se faire entendre à vingt lieues à la ronde, elle fit appel à tous les meuniers du pays. Elle leur commanda de lui apporter à heure dite tous les sacs de fine fleur de farine qu'ils pourraient moudre dans la semaine. Il n'y avait dans le pays que des moulins à vent; on peut penser s'ils se mirent bien vite à tourner, et quel tintamarre ce fut par toute la contrée. Le bruit des *tics-tacs* fut tel que les oiseaux abasourdis disparurent subitement de la contrée. Les nuages eux-mêmes se mirent en fuite.

A la voix de la mère Michel, toutes les fermières furent mises en réquisition, et, au grand émoi de la volaille, elles se précipitèrent sur leurs poulaillers afin de rassembler les sept cent mille œufs frais dont la mère Michel avait besoin pour son Panthéon. Les poules n'étaient pas satisfaites et les coqs éperdus pleuraient sur le sommet des poulaillers l'espoir de toute prospérité.

IV

Les filles de basse-cour furent occupées du matin au soir à traire les vaches. Il ne fallait pas à la mère Michel moins de vingt mille pintes de lait. On fut obligé de mettre les petits veaux à la demi-ration. Cela ne faisait pas l'affaire des petits veaux. Ils portèrent plainte à leur maman. Un certain nombre de vaches protestèrent énergiquement contre ces impôts exorbitants qui diminuaient le bien-être de leur famille. Il y eut des seaux renversés et même quelques laitières culbutées. Mais ces petits accidents ne refroidirent pas l'enthousiasme des travailleurs et des travailleuses.

La farine était irréprochable, et il ne manquait pas une once
sur le poids voulu.

IV (*Suite*).

Maintenant la mère Michel réclamait pour sa tarte mille livres de beurre, première qualité. Toutes les barattes à vingt lieues à la ronde se mirent en mouvement pour les lui fournir. Les baratteurs barattaient en cadence sans s'arrêter. Puis on égouttait le beurre, on le façonnait, on l'enveloppait et on l'empilait dans des paniers. C'était une activité sans pareille.

V

La mère Michel passait pour être un peu sorcière. Ce qui le donnait à croire, c'était son chat noir Fanfreluche avec lequel on l'avait vue parfois se livrer à de mystérieuses pantomimes et que, dans ses moments perdus, elle habillait comme une personne, le coiffant d'un voile et lui parlant comme à quelqu'un. Le fait est que, depuis le fameux chat-botté, on n'avait jamais vu d'animal si extraordinaire et que les gens crédules pouvaient le soupçonner de diablerie. Quelques curieux s'étaient hasardés à demander à Fanfreluche ce qu'il fallait penser de lui, mais Fanfreluche n'avait répondu qu'en montrant ses griffes et en hérissant ses moustaches, et la conversation en était restée là. Ce qu'il y a de sûr, c'est que, sorcière ou non, la mère Michel vint à bout de toutes ces commandes : pas un de ceux à qui elle s'était adressée ne lui manqua de parole et ne lui causa même un instant d'inquiétude. Il n'y avait qu'elle, on peut le dire, pour être servie si ponctuellement.

Au jour convenu, tous les meuniers arrivèrent avec leurs ânes emboîtant le pas les uns derrière les autres et portant chacun un gros sac de farine. La mère Michel, après avoir vérifié la qualité de la farine, faisait mettre chaque sac sur les balances afin de s'assurer que le poids s'y trouvait. C'était une rude besogne qui exigeait une très bonne tête, et il fallut du temps pour en venir à bout ; mais la mère Michel était infatigable et son chat aussi, car, tant que dura l'opération, Fanfreluche resta sur le toit à la surveiller. Il est juste d'ajouter, à la louange des meuniers du pays de Gourmandise, que la farine était irréprochable et qu'il ne manquait pas une once sur le poids voulu. Ils savaient que la mère Michel n'entendait pas raillerie, et qu'elle voulait qu'on fût exact avec elle comme elle l'était avec les autres.

Peut-être aussi avaient-ils un peu peur de son chat, dont les grands yeux verts, toujours braqués sur eux comme deux lumières, ne les perdaient pas de vue un instant.

La mère Michel eut la patience de mirer les œufs un à un.

VI

Toutes les fermières arrivèrent à leur tour avec leurs paniers d'œufs sur le dos. Elles n'avaient pas voulu les confier aux ânes de peur qu'en trottant ils n'en fissent des omelettes sur les routes. La mère Michel les reçut avec sa gravité habituelle. Elle eut la patience de mirer les œufs un à un, afin d'être certaine qu'ils étaient frais. Elle ne voulait pas risquer, bien entendu, de mettre de petits poulets dans une tarte destinée à des gens qui ne pouvaient souffrir aucune espèce de viande, si légère qu'elle fût. Le compte des œufs était exact comme celui des livres de farine, et, cette fois encore, la mère Michel ni son chat n'eurent aucune plainte à formuler. Le pays de Gourmandise, quoique *porté sur sa bouche*, était honnête. Il faut dire que, quand les peuples obéissent à un sentiment patriotique, l'intérêt général parvient à faire oublier aux plus égoïstes leur intérêt particulier.

La tarte de la mère Michel devant être la gloire du pays, chacun était fier de concourir à cette grande œuvre.

Vinrent ensuite Mesdemoiselles les laitières avec leurs cruches et leurs pots de lait et Mesdames les beurrières avec leurs paniers et leurs mottes de beurre, défilant en longue caravane à droite et à gauche du logis de la mère Michel. Celle-ci n'eut pas besoin de se livrer à un examen si minutieux que pour la farine et les œufs. Elle avait le nez si fin que, s'il y avait eu seulement dans toute la fourniture une livre de beurre de la veille et un pot de lait en train de surir, elle s'en serait aperçue immédiatement. Mais tout était de la plus parfaite fraîcheur. A cette époque, d'ailleurs, on ignorait l'art, qui a fait depuis de si notables progrès, de fabriquer du lait avec de l'eau et de la farine. Le lait véritable étant nécessaire à la confection des fromages à la crème et autres friandises très estimées dans le royaume des Gourmands, celui qui aurait eu de ces ingénieuses idées aurait été regardé comme un ennemi public.

VII

Puis ce furent Messieurs les épiciers parés de leur serpillière, et avec cette mine réjouie et malicieuse qui les caractérise. Tous portaient sur leur cœur des pains de sucre aussi gros qu'eux, dont le sommet, dégagé de son enveloppe, resplendissait comme la neige nouvelle sur une pyra-

Tous portaient sur leur cœur des pains de sucre aussi gros qu'eux.

mide. La mère Michel, avec sa béquille, dont elle se servait plutôt comme d'un bâton de commandement que pour aider sa marche, les leur fit déposer dans ses magasins, puis, après vérification, ranger en bon ordre sur des rayons disposés à cet effet. Elle fut obligée ici de déployer beaucoup de sévérité, car quelques petits garçons épiciers avaient peine à se séparer de leur marchandise ; plusieurs, se croyant à l'abri derrière leurs pains de sucre, ne se gênaient pas pour faire de leur langue un usage indiscret. Si on les avait laissés faire, cela n'aurait fini qu'avec la fin du sucre. Mais ils comptaient sans l'œil implacable de maître Fanfreluche, qui, posté en observatoire sur une poutre, tenait note exacte de leurs méfaits. Pour leur inspirer une terreur salutaire, maître Fanfreluche ne cessa, tant que dura le défilé, de tenir dans ses dents aiguës un coupable d'une autre sorte pris sur le fait ; exemple terrible du sort réservé à quiconque serait tenté de l'imiter.

VIII

D'un autre côté on vit arriver toute une armée de villageois et de villageoises, roulant des brouettes, portant des hottes sur le dos ou des paniers sur leur tête. Et brouettes, hottes et paniers étaient pleins à déborder de cerises, de prunes, d'abricots, de pommes, poires. Tous ces fruits étaient si frais, si bien venus, si intacts, si vernis qu'on aurait cru, à les regarder seulement, qu'ils étaient en cire ou en marbre peint ; mais les délicieux parfums qui s'en exhalaient ne permettaient pas cette supposition. Quelques petits curieux, cachés dans des coins, ne se faisaient pas faute de s'assurer qu'ils étaient naturels. Entre nous, je crois que la bonne mère Michel faisait semblant de ne pas les voir, car elle avait eu la précaution de prendre le terrible Fanfreluche dans ses bras pour le mettre dans l'impossibilité de sévir. Les fruits furent entassés dans divers compartiments, chaque espèce à part. Les provisions étaient enfin terminées. Il n'y avait plus de temps à perdre pour les mettre en œuvre.

On ne reverra jamais si grande éplucherie.

VIII (Suite).

L'emplacement sur lequel la mère Michel avait tout d'abord arrêté qu'elle édifierait son monument, était une jolie montagne surmontée d'un plateau formant un cirque superbe et presque aussi grand que le Champ-de-Mars. Ce plateau dominait la capitale, bâtie en amphithéâtre sur le versant de la montagne. Après avoir bien battu le terrain, de façon à le rendre aussi uni qu'un plancher, on répandit de la chapelure envoyée par panerées et par brouettées de chez tous les boulangers du pays, et qu'on égalisa ensuite avec des pelles et des râteaux, comme on fait pour le sable dans les jardins. Les petits oiseaux, qui sont très gourmands eux aussi, ne manquèrent pas de venir s'en régaler, mais la couche était si épaisse qu'ils avaient beau en manger il n'y paraissait pas. Ce fut pour les petits effrontés une excellente aubaine.

Tous les ingrédients dont devait se composer la tarte étaient prêts. Sur l'ordre de la mère Michel, on se mit en devoir de peler les pommes et les poires et d'en extraire les pépins. Toutes les filles s'assirent à terre en longues rangées, car la douceur de la température permettait que tout le travail s'accomplît au grand air. Le soleil, du haut des cieux, regardait la chose d'un air de bonne humeur. Chacune des travailleuses avait devant soi une vaste terrine, et, le couteau à la main, pelait sans relâche les pommes que les garçons apportaient des magasins. Quand elles étaient prêtes, on les jetait dans les terrines qui, aussitôt pleines, étaient enlevées rapidement et remplacées par d'autres. On avait soin aussi d'enlever à mesure toutes les épluchures, sans quoi toutes les peleuses n'auraient pas tardé à s'y trouver ensevelies. On ne reverra jamais si grande éplucherie.

IX

Non loin de là, on procédait à l'extraction de tous les noyaux des cerises, des prunes et des abricots. Cette partie de la besogne, comme la moins difficile, avait été confiée aux mains les plus jeunes et les plus inexpérimentées, après toutefois qu'elles avaient été lavées avec soin ; car la mère Michel, quoiqu'elle ne fût pas élégante dans sa toilette, était une petite vieille qui n'entendait pas raillerie dans les questions de propreté. Le local de la salle d'école, hors d'usage depuis longtemps — car dans le

Cette partie de la besogne avait été confiée aux mains les plus jeunes.

pays de Gourmandise la mangeaille avait fini par faire tout oublier — ce
local, dis-je, avait été utilisé pour y placer cette seconde série de travailleurs, et c'était le chat de la mère Michel qui était chargé de les inspecter.
Il allait et venait autour des tables, grondant aussitôt qu'il voyait quelque
fruit prendre la direction d'une bouche. Si on avait osé, comme on l'aurait canonné à coups de noyaux ! Mais personne ne s'y frottait, Monsieur
Fanfreluche n'était pas de ceux qu'on se risque à mettre en colère.

X

Il fallait ensuite râper les mille pains de sucre, ce qui n'était pas non
plus une petite affaire.

Au dire de tous les garçons épiciers, râper du sucre est ce qu'il y a de
plus pénible dans leur métier. Les poumons et les bras les plus robustes
s'y fatiguent également vite. Mais la mère Michel était là, et son indomp-
table énergie soutenait celle de ses ouvriers, choisis d'ailleurs parmi les
garçons les plus solides. Armée d'un maillet et d'un couperet, elle cassait
les pains de sucre en rondelles qu'on râpait après cela jusqu'à ce qu'il ne
fût plus possible de les tenir. Puis les débris étaient mis de côté dans des
paniers pour être réduits en poudre sous le pilon. On était bien prévenu
que, quand ce serait fini, les mille livres de sucre devaient se retrouver.
Nouveau miracle de la mère Michel, elles se retrouvèrent !

Ce fut alors au tour des marmitons et des aspirants cuisiniers à entrer
en ligne, pour casser les sept cent mille œufs dont avait besoin la mère
Michel. Les casser, ce n'était pas là l'embarras, tout le monde s'en serait
tiré facilement, mais il fallait aussi séparer adroitement les jaunes des
blancs, et c'est ce qui demande déjà un certain talent et surtout du soin.
Nous n'oserions pas dire qu'il n'y eut pas sur ce point quelque déchet,
quelques œufs tombés par terre en bouillie et peut-être même quelques
paniers renversés ; mais la mère Michel, avec sa vieille expérience, avait
dû prévoir ces petits accidents et les faire entrer en ligne de compte. Ce
que nous affirmerons hardiment, par exemple, c'est que jamais, de mé-
moire d'homme, on n'avait vu et que jamais non plus on ne reverra une
parcille quantité d'œufs cassés. Si on avait entrepris d'en faire une ome-
lette, il aurait fallu une poêle aussi vaste que le Champ-de-Mars, et les
plus fortes cuisinières n'auraient pas pu tenir la queue d'une poêle comme
celle-là.

Armée d'un maillet et d'un couperet, la mère Michel cassait les pains
de sucre.

XI

Ce n'était pas tout cependant : une fois les œufs cassés et les jaunes séparés des blancs, il fallut encore battre, dans de grandes jattes et toujours séparément, les susdits jaunes et les susdits blancs, afin de leur donner le liant et la légèreté indispensables. Les travailleurs furent donc partagés en deux brigades, celle des employés aux jaunes et celle des employés aux blancs. Tous, bien entendu, auraient voulu être de ces derniers, les blancs d'œufs qu'on voit monter en mousse neigeuse pendant qu'on les bat étant bien plus amusants à battre que les jaunes, qui se bornent à se mêler les uns aux autres comme de la sauce. La mère Michel, avec sa sagesse habituelle, avait tranché la difficulté en faisant tirer au sort les deux divisions du travail. De cette façon, ceux qui n'avaient pas obtenu la plus enviée, n'avaient pas eu à se plaindre d'être opprimés. Il faut dire que, quand la besogne fut finie, tous les petits travailleurs furent d'accord pour dire que battre des jaunes ou battre des blancs est également fatigant. Cela donne des crampes dans les mains.

Maintenant commençait l'œuvre personnelle de la mère Michel. Jusque-là elle n'avait agi qu'en qualité de général, de la tête presque uniquement; désormais elle mettrait elle-même la main à la pâte. Pour commencer, elle avait à faire passer à l'état de compotes et de confitures ces immenses quantités de fruits qu'on lui avait préparées. Pour cela, bien qu'elle n'opérât que sur une seule espèce à la fois, il lui fallut dix chaudrons aussi grands que la fameuse marmite des Invalides. Pendant quarante-huit heures la cuisson fut en permanence ; douze marmitons se succédaient sans interruption pour faire flamber le feu en y jetant des cotrets. La mère Michel, avec une spatule que quatre cuisinières modernes auraient peine à soulever, ne cessait de remuer ou de tâter les pulpes et les liquides bouillonnants. Trois experts dégustateurs, choisis parmi les plus gourmets, avaient la charge de constater, toutes les demi-heures, le bon état des opérations.

La mère Michel ne cessait de remuer ou de tâter les pulpes
et les liquides bouillonnants.

XII

Il est inutile de dire que toutès les compotes et confitures étaient parfaitement réussies, qu'elles joignaient à la consistance voulue la plus belle couleur et le parfum le plus séduisant. La mère Michel n'avait rien manqué de sa vie, et ce n'est pas dans cette occasion qu'elle aurait commencé. Quand chaque confiture était terminée, elle l'écumait et la transvasait dans de vastes bassines, après quoi elle procédait à l'empotement. On conçoit qu'elle ne se servait pas de petits pots en verre ou en faïence comme on en voit chez les épiciers, mais de grandes jarres de grès qu'on lui amenait en les roulant de la même manière que les tonneliers roulent leurs barils. En outre qu'elles abrégeaient l'opération, ces jarres, par leur hauteur, avaient l'avantage de mettre les confitures à l'abri des entreprises des marmitons. Ils avaient l'écume et le fond pour eux, c'était déjà bien joli. Eh bien, il y en avait un petit, M. Toto, à qui cela ne suffisait pas ! je crois qu'il se serait jeté dans les bassines si on ne l'avait pas retenu.

Cependant la mère Michel, qui pensait à tout, avait commandé deux cents grands pétrins, son idée étant que, dans une œuvre si nouvelle, on ne devait employer que des ustensiles complètement neufs. Les deux cents pétrins, comme tout le reste, avaient été livrés à point nommé et parfaitement conditionnés. Les pâtissiers retroussèrent donc leurs manches, et commencèrent à brasser la pâte avec un concert de *han han !* qui s'entendait à une bonne lieue de distance.

C'était chose vraiment curieuse que de voir ce régiment de boulangers, alignés en rang serré devant leur travail, faisant tous à la fois le même geste comme des soldats bien commandés, se baissant et se relevant tour à tour avec un ensemble si admirable qu'un maréchal d'armée, en mission dans leur pays, écrivait à son gouvernement que si l'exercice du fusil était aussi bien fait dans son pays que l'exercice du pétrin dans le royaume des Gourmands son armée serait invincible.

Voilà des éloges qu'un pays n'oublie pas.

Monsieur Toto se serait jeté dans les bassines si on ne l'avait pas retenu.

XIII

Quand la pâte fut faite et approuvée, pétrin à pétrin, par la mère Michel, on la façonna avec soin dans les moules, en forme de briques, et avec l'aide de l'ingénieur en chef du royaume, un jeune savant sorti le premier de l'école centrale de l'architecture, on vit bientôt s'élever le majestueux édifice. C'était la mère Michel, elle-même, qui en avait donné le plan : en lui prêtant son concours, le jeune ingénieur faisait preuve d'une modestie qu'on ne saurait trop louer. Il avait eu le bon esprit de comprendre que l'architecture des pâtés et des tartes doit avoir ses règles particulières, et que, en cette circonstance, l'expérience pratique de la mère Michel valait toutes les théories scientifiques.

L'intérieur du bâtiment était divisé en autant de compartiments qu'il y avait d'espèces de fruits à y introduire. Les murailles de l'enceinte ne mesuraient pas moins de quatre pieds d'épaisseur. Quand elles furent terminées, vingt-quatre échelles y furent appliquées et les vingt-quatre plus expérimentés cordons-bleus de la contrée grimpèrent à ces échelles. Ces cuisinières émérites étaient armées chacune d'une vaste cuiller à pot. Derrière elles, aux échelons inférieurs, se pressaient des marmitons portant sur leurs têtes des compotiers remplis jusqu'aux bords des diverses compotes et confitures, toutes prêtes à être versées, chacune dans le compartiment qui lui était destiné. Ce labeur colossal, accompli avec un ordre et un ensemble au-dessus de tout éloge, fut terminé dans la journée.

Quand les confitures furent employées jusqu'à la dernière goutte, quand les cuillers à pot n'eurent plus rien à puiser et à verser, les vingt-quatre cuisinières mirent pied à terre. L'intrépide mère Michel, qui n'avait pas un instant quitté le terrain, monta alors, assistée de l'infatigable Fanfreluche, à toutes les échelles et trempa son doigt dans chacun des compartiments pour s'assurer que tout était bien comme il fallait. Cette partie de ses fonctions n'était pas trop désagréable, et plus d'un des marmitons l'y aurait volontiers suppléée. Peut-être aussi auraient-ils un peu trop appuyé sur la dégustation. Quant à la mère Michel, on conçoit qu'elle était depuis longtemps blasée sur les douceurs, et qu'elle ne songeait là qu'à faire son devoir et à assurer le succès de son étonnante entreprise.

La mère Michel trempa son doigt dans chacun des compartiments.

XIV

Tout allait bien. La mère Michel avait donné son approbation. Il s'agissait maintenant de procéder au couronnement du majestueux et friand édifice, en y plaçant la voûte, c'est-à-dire le couvercle, ou, si l'on veut, le dôme. Cette délicate opération fut confiée à l'ingénieur en chef, qui déploya un véritable génie d'invention pour en venir à bout. Le dôme, construit d'avance d'une seule pièce, fut enlevé dans les airs à l'aide de douze ballons captifs dont la force d'ascension avait été habilement calculée. Il fut ensuite dirigé, au moyen de cordages, jusqu'au-dessus de l'ouverture de la tourte, puis, au commandement de l'ingénieur, il vint s'abattre sans encombre à la place exacte qu'il devait occuper. On n'aurait pas trouvé une ligne d'écart de plus d'un côté que de l'autre. C'était là un beau triomphe pour la mère Michel et pour son savant collaborateur.

Tout n'était pas fini cependant. Comment faire cuire cette tourte colossale ? C'est ce que se demandaient avec anxiété les habitants du pays de Gourmandise, accourus en foule pour contempler ce magnifique ouvrage, les grands seigneurs aussi bien que les autres. Quelques esprits, envieux ou chagrins, déclaraient la chose impossible, et les médecins, on ne sait pourquoi, s'en montraient plus attristés que tous les autres. La mère Michel, souriant de l'embarras général, monta sur le sommet de la tourte, elle leva sa béquille en l'air ; en même temps son chat miaula de sa plus belle voix, et soudain sortirent des bois environnants mille maçons chargés des attributs de leur profession. Ils poussaient devant eux des chariots remplis de briques légèrement cintrées, qui avaient été préparées en secret dans la forêt voisine. Cette vue fit taire les malveillants et ramena l'espoir aux cœurs des vrais et bons Gourmands.

Le dôme fut enlevé dans les airs à l'aide de douze ballons captifs.

XV

En deux jours un four de campagne énorme avait été construit tout autour et au-dessus de la tourte colossale, qui s'y trouvait enfermée comme dans une immense terrine. Trente bouches à feu, qu'on avait ménagées à la base avec des milliers de conduits de chaleur serpentant autour du monument, furent aussitôt bourrées de combustibles par deux cents charbonniers qui, paraissant obéir à un signal invisible, sortirent de la forêt et apportèrent successivement, dans le plus grand ordre, chacun un grand sac de charbon. La mère Michel se tenait derrière eux, sa boîte d'allumettes à la main, prête à mettre le feu dès que tout le combustible serait déposé. Ainsi qu'on peut le croire, on n'avait pas oublié d'y ajouter les copeaux nécessaires pour le faire prendre rapidement.

Quand le feu eut été mis à tous ces fours et qu'on vit s'élever au-dessus du dôme une vapeur qui annonçait que la cuisson était en bon train, ce fut dans tout le pays une allégresse indescriptible. Les poètes improvisèrent des vers et les musiciens chantèrent couplets sur couplets en l'honneur du magnanime Prince qui avait entrepris de nourrir son peuple d'une façon si délicate, quand les autres paraissent si embarrassés de donner seulement du pain sec en quantité suffisante à leurs sujets. Le nom de la glorieuse mère Michel et celui de l'illustre ingénieur en chef n'étaient pas oubliés dans ce concert louangeur. Après Sa Majesté, ils étaient certainement les premiers des mortels, et leurs noms devaient passer à la postérité la plus reculée. Ceci, nous l'espérons bien.

Les envieux avaient été atterrés. Ils avaient beau se répéter entre eux pour se consoler qu'une chose n'était pas faite tant qu'elle n'était pas entièrement terminée, qu'il fallait attendre que, jusqu'au dernier moment, il pouvait survenir des accidents qui ruineraient, tout ; ce n'étaient là que des phrases dont eux-mêmes ne croyaient pas un mot. Malgré tous leurs efforts pour garder bonne contenance, ils étaient obligés de reconnaître que leurs sinistres prévisions étaient en défaut et que la chose qu'ils avaient déclarée impossible s'accomplirait quoi qu'en eussent. Leur seule ressource serait de trouver la tourte mauvaise, car, pour ce qui est de ne pas vouloir en manger, jamais, dans le pays des Gourmands, le sentiment de l'envie ne se serait égaré jusqu'à un pareil excès.

Les musiciens chantèrent couplets sur couplets en l'honneur
du magnanime Prince.

XVI

Au bout de deux jours, la mère Michel déclara que son nez lui disait que la tourte devait être cuite à point. Le fait est que le pays tout entier était embaumé de l'arome qui s'exhalait des flancs de cette tourte monumentale. Il ne restait plus qu'à faire démolir le four pour que tout fût terminé. La mère Michel alla en porter l'annonce officielle à Sa Majesté, qui se montra fort satisfaite et qui la complimenta de son exactitude : il s'en fallait, en effet, d'un jour que le délai d'un mois, qui avait été fixé, ne fût révolu. Pendant ce temps, tous les habitants du pays, jaloux de concourir en quelque façon à cette œuvre si éminemment nationale et de hâter le moment où ils en bénéficieraient, avaient offert leurs services à l'ingénieur pour opérer la démolition. En un clin d'œil, la chose fut faite. Les briques descellées une à une et numérotées avec soin, furent reportées dans la forêt, pour qu'on pût les employer à la prochaine occasion.

La tourte, débarrassée de son enveloppe, apparut enfin dans toute sa majesté et toute sa splendeur. Elle était dorée comme le dôme des Invalides, et les rayons du soleil s'y réfléchissaient si vivement qu'on avait peine à en soutenir la vue. L'ivresse et l'attendrissement étaient devenus universels. Chacun humait à plein nez les parfums appétissants qui remplissaient les airs. On en avait l'eau à la bouche et les larmes aux yeux. On s'embrassait, on se serrait les mains, on se livrait aux pantomimes les plus touchantes. Enfin tous les habitants de la ville et des villages, unis dans une joie commune, se mirent à danser en rond autour du délicieux monument. La mère Michel et l'ingénieur en chef jouissaient du spectacle de cette félicité qui était en grande partie leur ouvrage, et, attablés devant une bouteille de champagne que leur avait envoyée le roi, ils se dédommageaient de leurs fatigues en vidant rasade à leurs santés et à leurs gloires respectives. M. Fanfreluche, pendant ce temps-là, faisait gros dos, à côté de sa glorieuse maîtresse.

XVII

Il fallait attendre l'arrivée de Sa Majesté pour attaquer l'édifice. Afin de tromper jusque-là l'impatience universelle, et pour satisfaire à la reconnaissance dont tous les cœurs étaient pénétrés, on décerna les honneurs du triomphe à la mère Michel.

Les briques furent reportées dans la forêt pour qu'on pût les employer
à la prochaine occasion.

3

XVII (Suite).

Elle fut couronnée du *laurier des vainqueurs*, qui est aussi le *laurier-sauce*, et qui, par conséquent, lui convenait doublement. Puis, on la jucha sur une espèce de trône, elle, sa béquille et son chat, et on la promena autour de la place, précédée de tous les ménétriers du pays, soufflant, tapant, raclant ou sonnant de leurs instruments, et suivie d'une foule enthousiaste qui criait à tue-tête et faisait monter en l'air un vrai déluge de couvre-chefs. La gloire de la mère Michel était complète, et un noble orgueil illuminait son visage. Il aurait fallu réellement qu'elle fût bien difficile pour ne pas se trouver récompensée de ses peines par un si énorme tapage.

Jamais gloire n'avait fait tant de bruit.

XVIII

Le cortège royal était arrivé. Un escalier avait été préparé pour que Sa Majesté et ses ministres pussent monter au sommet du monument. C'est de là que le roi, au milieu d'un profond silence, adressa la parole à son peuple.

« Mes enfants, dit-il, vous adorez la tarte aux confitures, vous repoussez tous les autres aliments, vous mangeriez de la tarte même en dormant, si vous le pouviez. Eh bien, mangez-en tant qu'il vous plaira ; en voici une qui est de taille à vous contenter. Seulement je vous avertis que tant qu'il restera une miette de cette tarte, du haut de laquelle je suis fier de vous contempler, toute autre nourriture vous est interdite sous peine de mort. Pendant que vous êtes ici, j'ai fait vider tous les garde-manger et fermer toutes les boulangeries, boucheries, charcuteries, crèmeries et poissonneries. A quoi bon les laisser ouvertes ? N'avez-vous pas ici à discrétion et pour longtemps l'aliment que vous préférez à tout en ce monde ? Livrez-vous y donc entièrement. Je n'ai pas voulu que vous fussiez importunés par l'aspect d'un seul mets différent.

» Gourmands, cette tarte est à vous ! »

Des applaudissements enthousiastes, des hurrahs frénétiques s'élevèrent dans les airs pour saluer l'éloquent discours du roi. « Vive le roi ! vive la mère Michel ! vive son chat ! vive la tarte ! à bas la soupe ! à bas le pain ! au diable les côtelettes et les beefteaks, les filets et les aloyaux !!! »

La gloire de la mère Michel était complète.

Vive le Roi! vive la mère Michel! vive son chat! vive la tarte!

Une brèche fut bientôt pratiquée et la distribution commença.

XVIII (*Suite*).

Ces cris s'élançaient de toutes les bouches. Tous les estomacs vibraient à l'unisson. La multitude se léchait les lèvres d'impatience et de jubilation. Les vieillards se caressaient doucement les mâchoires. Les enfants se tapaient sur le ventre. Les tout petits, ceux qui sortaient à peine du maillot, sautaient et dansaient sur les bras de leurs nourrices, tant le goût de la tarte était précoce dans ce singulier pays. Les graves rhétoriciens, gambadant comme des chevreaux, chantaient ou déclamaient des vers latins en l'honneur du roi et de la mère Michel, et les jeunes filles les plus réservées ouvraient la bouche comme des oiseaux qui attendent la becquée. Quant aux médecins, leur joie passait toute expression. Ils avaient réfléchi et savaient bien pourquoi ils étaient si gais, Messieurs les médecins....

XIX

Enfin le signal fut donné. Des soldats du génie, armés de haches et de coutelas bien affilés, marchèrent en bon ordre à l'assaut. Une brèche fut bientôt pratiquée, et la distribution commença. Le roi examinait en souriant l'ouverture faite à la tarte ; quoique énorme, elle paraissait à peine sur la masse totale de l'édifice. Puis, dirigeant ses regards vers ses sujets attablés et se bourrant à qui mieux mieux : « Du train dont ils y vont, pour combien de temps en ont-ils ? » dit Sa Majesté à l'oreille de son premier ministre qui était le plus grand mathématicien de l'époque. « Sire, pour six semaines », répondit sans hésiter le savant homme d'État. Sur cette réponse, le roi se caressa gravement le menton. « Tout vient à point, dit-il, à qui sait attendre. »

On ne s'imagine pas jusqu'où ce premier repas aurait pu se prolonger ; mais, à un signal du monarque, les convives durent enfin se lever de table. Après avoir de nouveau exprimé leur gratitude par des acclamations poussées d'une voix un peu étouffée et qui faisaient plutôt l'effet de grognements, ils se précipitèrent en masse vers la rivière. Jamais peuple n'avait eu tant besoin d'être débarbouillé. Les uns en avaient jusqu'aux yeux, les autres plein les cheveux et les oreilles. Pour ce qui est des enfants, ils n'étaient que marmelade et confiture de la tête aux pieds. Quand la toilette fut terminée, les eaux de la rivière en restèrent teintes en rouge et en jaune et même sucrées pendant plusieurs heures.

Les poissons furent fort étonnés.

Le roi remarqua qu'il y avait quelques places vides. « D'où vient cela? »
demanda-t-il au médecin de la cour.

XX

Avant de s'en retourner chacun chez soi, les convives revinrent se présenter devant l'estrade royale et prendre les ordres de leur souverain.

« Mes enfants, leur dit le roi, le festin recommencera à six heures sonnantes. Le temps de laver les assiettes et de changer les nappes et les serviettes, et vous pourrez de nouveau vous en donner à cœur joie. Il en sera de même deux fois par jour, ne l'oubliez pas, aussi longtemps que la tarte durera. Et même, si vous n'en avez pas assez de celle-ci, je m'empresserai d'en commander une seconde à la mère Michel ; l'illustre mère Michel est, vous le savez, infatigable. Votre bonheur est ma seule préoccupation. (Marques universelles d'assentiment et de douce émotion.) Ainsi, c'est bien entendu : — Midi ! — Six heures ! — Je n'ai pas besoin de vous recommander l'exactitude. Allez ! »

Le deuxième repas avait été aussi gai que le premier et n'avait pas moins duré. Une bonne promenade aux environs, l'exercice d'abord, la sieste ensuite, avaient rafraîchi tous les appétits et rendu l'élasticité à toutes les mâchoires. Le roi cependant avait cru s'apercevoir que la brèche faite le soir à la tarte était un peu moins large que celle du matin. « C'est bon, c'est bon, avait-il dit, je vous attends à demain, mes gaillards, et à après-demain et enfin aux jours suivants. »

Le lendemain, la fête fut encore belle. Toutefois, au repas du soir, le roi remarqua qu'il y avait quelques places vides. « D'où vient cela ? demanda-t-il avec une feinte indifférence au médecin de la cour. — Sire, répondit le grand Olibrius en haussant les épaules, quelques estomacs faibles... Voilà tout ! »

XXI

Le surlendemain, les vides s'étaient agrandis. L'enthousiasme diminuait sensiblement. Le huitième jour, l'assemblée s'était trouvée réduite de moitié, le neuvième des trois quarts ; le dixième, sur mille convives qui avaient pris part au repas précédent, il ne s'en était présenté que deux cents ; le onzième jour il n'y en eut que cent, et le douzième, hélas ! — qui l'aurait cru ? — un seul répondit à l'appel. A la vérité, celui-là était énorme : son corps ressemblait à un muid, sa bouche à un four, et ses joues, nous n'oserions dire à quoi. Il était connu dans la ville sous le nom de Patapouf.

Il était connu dans la ville sous le nom de Patapouf.

XXI (*Suite*).

On abattit pour M. Patapouf un nouveau pan de l'enceinte de la tarte. Il en fit disparaître les débris dans la vaste capacité de son abdomen, et se retira ensuite majestueusement, fier de maintenir l'honneur de son nom et la gloire de la nation gourmande.

XXII

Le jour suivant, le gros convive, le dernier des derniers, ne reparut pas. L'infortuné Patapouf s'était livré à un tel effort que, comme tous les autres habitants, il s'était couché le soir fort mal en train. Bref, le matin venu, on sut que la ville entière avait eu dans la nuit une indigestion de tarte. Jetons un voile sur cette nuit désolée.

La mère Michel était au désespoir. Les ministres, que le roi n'avait pas instruits de la profondeur de son dessein, n'osaient ouvrir la bouche. Toute la ville ne formait plus qu'un vaste hôpital. Personne dans les rues, à l'exception des médecins et des apothicaires, qui couraient de maison en maison, ne sachant auquel entendre. C'était lamentable. Le docteur Olibrius, en particulier, était sur les dents.

Quant au monarque, retiré dans son palais, il se taisait, mais une joie secrète brillait dans ses yeux, au grand étonnement de son entourage.

Il laissa ainsi passer trois jours sans s'expliquer.

Le troisième jour, le roi des Gourmands dit à ses ministres : « Nous allons, s'il vous plaît, savoir où en est mon peuple et lui tâter un peu le pouls. »

Ce bon prince entra alors dans chaque maison, sans en oublier une seule. Il visita les petits et les grands, les pauvres aussi bien que les riches.

« Ah ! sire, lui disaient d'une voix mourante les uns et les autres ; ah ! sire, la tarte était bonne, mais je n'en mangerai de ma vie. Foin de la tarte ! mieux vaut le pain sec ! Sire, de grâce, laissez-nous manger du pain sec ! oh, le pain sec ! comme cela doit être bon...

— Nou pas, répondait le prince, il reste encore de la tarte.

— Quoi ! sire, faudra-t-il tout manger ?

— Il le faudra, répliquait Sa Majesté. Il le faudra, ventre-saint-gris ! et pas un de vous n'aura une bouchée de pain, et il ne se fera pas une miche dans tout le royaume tant qu'il restera une miette de cette excellente tarte. »

— Quel supplice, pensaient tous les pauvres gens — que le supplice de la tarte à perpétuité !..

Ce bon prince entra dans chaque maison.

XXIII

Les malades étaient désespérés. Ce n'était qu'un cri dans toute la ville :
Holala ! Holala ! qu'arrachaient aux plus fermes d'abominables douleurs
d'entrailles. Ils avaient beau se tortiller, se coucher, celui-ci sur le dos,
celui-là sur le ventre, l'inexorable colique était là ! Les chiens n'étaient
pas plus heureux que les gens. Ils avaient trop aimé la tarte, eux aussi !

La tarte malencontreuse se voyait de toutes les fenêtres. On se rap-
pelle, en effet, que, construite sur la hauteur, elle dominait toute la ville. Sa
vue seule donnait des nausées à ses anciens admirateurs qui lui envoyaient
à présent autant de malédictions qu'ils lui avaient adressé d'abord de
félicitations et de compliments. Malheureusement tout ce qu'on pouvait dire ne la faisait pas diminuer et sa masse, encore formidable, était
une affreuse raillerie pour les infortunés Gourmands. La plupart avaient
pris le parti d'enfoncer leurs bonnets de coton sur leurs yeux et de rester
toute la journée étendus pour se débarrasser de son aspect importun.
Mais, s'ils ne la voyaient pas, ils la sentaient, ils savaient qu'elle était là.

C'était comme un cauchemar implacable qui pesait sur eux.

Au milieu de cette consternation de tout son peuple, le Roi, pendant
huit jours, demeura inexorable. Son cœur en souffrait sans doute, mais,
pour que la leçon portât ses fruits, il fallait qu'elle fût complète. Quand,
remis peu à peu, par la diète même, de leur indisposition, ses sujets
prononçaient d'une voix tremblante ces mots : « J'ai faim ! » on ne leur
apportait qu'un morceau de l'inévitable tarte.

« Ah ! s'écriaient-ils avec angoisse, de la tarte encore !... Et toujours
de la tarte... Et rien que de la tarte... Mieux vaut la mort ! »

Quelques-uns, vaincus par les tiraillements de leur estomac, essayaient
pourtant, en fermant les yeux, de porter la dent sur cet aliment détesté,
mais c'était en vain ; malgré tous leurs efforts, ils ne parvenaient pas à en
avaler la moindre parcelle.

XXIV

Vint enfin le jour où, jugeant que la leçon était assez forte et ne ris-
quait plus d'être oubliée, le Roi pensa que ses sujets avaient assez pâti
de leur ridicule gourmandise pour en être à jamais corrigés. Ce jour-là, le
Roi fit faire par la mère Michel, dans une de ses fameuses marmites, un

LE ROYAUME DES GOURMANDS

« Ah! s'écriaient-ils avec angoisse, de la tarte encore!.. Mieux vaut la mort! »

XXIV (*Suite*).

colossal et superbe pot-au-feu, et un bol d'excellent bouillon fut envoyé
le soir dans chaque famille. Les Hébreux ne reçurent pas avec de plus
grands transports de reconnaissance la manne que Dieu leur octroya dans
le désert. Les convalescents auraient volontiers doublé la dose de bouillon
qui leur était accordée, mais après une longue abstinence il n'aurait pas
été prudent d'aller si vite, et ils le comprirent : preuve que leur moral
était déjà amélioré.

Le lendemain, nouveau pot-au-feu. Cette fois, le Roi fit mettre quelques
tranches de pain dans le bouillon. Cette bonne soupe grasse réconforta
toute la cité. Le surlendemain, il y eut de plus un peu de pain avec un
morceau de bœuf bouilli. Puis, les jours suivants, le bon Prince ajouta
encore à l'ordinaire de ses sujets une tranche de rôti et des légumes.
Soyez sûrs que personne ne réclama de plats sucrés ni de dessert. La gué-
rison était complète.

La joie pour ce changement de régime était cent fois plus grande
qu'elle n'avait été pour la tarte. Elle devait être plus durable. On était
assuré de dormir tranquille et de se réveiller le matin dispos et en belle
humeur.

C'était plaisir de voir dans toutes les maisons les tables garnies de
convives mis en bonne humeur par la vue de mets sains et fortifiants.

Les sujets du Roi des Gourmands ne retombèrent jamais dans leurs
anciennes erreurs. Aussi de bouffis, de blêmes, qu'ils étaient, devinrent-
ils bientôt, non pas gras, mais musclés, frais et solides. Les boulangers et
les bouchers rouvrirent leurs boutiques. Les pâtissiers et les confiseurs
furent obligés de transformer leurs établissements. Le pays de Gourmandise avait changé de face, et, s'il garda son nom, ce fut uniquement
par suite de l'habitude.

Quant à la tarte, il n'en fut plus jamais question. Aujourd'hui, dans
tout ce merveilleux pays, on ne trouverait pas à placer un sac de bonbons
ni une corbeille de gâteaux. Aussi il faut voir les belles couleurs qui bril-
lent sur les joues de tous les marmots et les belles dents dont sont pourvus
tous les habitants. S'ils ont encore un roi, il peut leur dire en toute vérité
qu'il est fier de leur commander.

Est-ce à dire qu'une bonne tarte est de trop au dessert dans la saison
des fruits ? Non — mais j'entends qu'il faut de la mesure en tout.

La joie pour ce changement de régime était cent fois plus grande
qu'elle n'avait été pour la tarte.

CONCLUSION

———

Il n'y eut que les médecins qui ne se trouvèrent pas bien de la révolution que nous venons de raconter. Il n'y avait plus que de l'eau à boire pour eux dans un pays où les excès de table et par suite les mauvaises digestions étaient devenus totalement inconnus. Les apothicaires n'étaient pas plus heureux. Les araignées faisaient leurs toiles sur les vitres des officines, et les instruments distinctifs de la profession ne servaient plus aux propriétaires qu'en guise de bâtons de vieillesse pour y appuyer leur infortune.

Ne me demandez pas de nouvelles de la mère Michel. Elle fut chansonnée sans pitié par ceux qui l'avaient exaltée. Pour comble de disgrâce, elle perdit son chat... De là la complainte qui la rendit immortelle ; qu'est-ce que l'immortalité si le ridicule l'assure aussi bien que la gloire ? Sans nous, qui est-ce qui saurait aujourd'hui que la mère Michel eut des titres plus sérieux à la célébrité que l'infidélité de son chat ?

Le Roi des Gourmands recueillit les fruits de sa sagesse ; on ne l'appela ni Charles-Martel, ni Pierre le Terrible, ni Louis le Grand ; — seul entre tous il a mérité et gardé le beau surnom de Prosper Iᵉʳ, le Raisonnable.

FIN

SAINT-CLOUD. — IMPRIMERIE BELIN FRÈRES.